小雲的
飄浮日記

獻給老媽

——RH

♥IREAD

小雲的飄浮日記

文　　　圖	羅伯・哈吉森
譯　　　者	吳寬柔
責 任 編 輯	江奕萱
美 術 編 輯	江佳炘

發 行 人	劉振強
出 版 者	三民書局股份有限公司
地　　　址	臺北市復興北路 386 號 (復北門市)
	臺北市重慶南路一段 61 號 (重南門市)
電　　　話	(02)25006600
網　　　址	三民網路書店 https://www.sanmin.com.tw

出版日期	初版一刷 2021 年 6 月
書籍編號	S859571
I S B N	978-957-14-7188-4

小雲的飄浮日記

羅伯‧哈吉森／文圖　吳寬柔／譯

三民書局

第 1 章

雲ㄩㄣˊ

天ㄊㄧㄢ 空ㄎㄨㄥ 很ㄏㄣˇ 乾ㄍㄢ 淨ㄐㄧㄥˋ ，

湖ㄏㄨˊ 泊ㄅㄛˊ 裡ㄌㄧˇ 充ㄔㄨㄥ 滿ㄇㄢˇ 湖ㄏㄨˊ 水ㄕㄨㄟˇ 。

看！我們的太陽好朋友來了。

熱力四射！

太陽整天勤奮的工作，
使湖水變得溫暖。

湖裡有一些小水滴覺得好熱，
於是飄到空中涼快一下。

不ㄅㄨ久ㄐㄧㄡ，天ㄊㄧㄢ空ㄎㄨㄥ便ㄅㄧㄢ充ㄔㄨㄥ滿ㄇㄢ了ㄌㄜ小ㄒㄧㄠ水ㄕㄨㄟ滴ㄉㄧ，
他ㄊㄚ們ㄇㄣ一ㄧ起ㄑㄧ享ㄒㄧㄤ受ㄕㄡ涼ㄌㄧㄤ涼ㄌㄧㄤ的ㄉㄜ空ㄎㄨㄥ氣ㄑㄧ。

好ㄏㄠ涼ㄌㄧㄤ快ㄎㄨㄞ！

小（ㄒㄧㄠˇ）水（ㄕㄨㄟˇ）滴（ㄉㄧ）們（ㄇㄣˊ）好（ㄏㄠˇ）開（ㄎㄞ）心（ㄒㄧㄣ）可（ㄎㄜˇ）以（ㄧˇ）聚（ㄐㄩˋ）在（ㄗㄞˋ）一（ㄧ）起（ㄑㄧˇ），
他（ㄊㄚ）們（ㄇㄣˊ）越（ㄩㄝˋ）靠（ㄎㄠˋ）越（ㄩㄝˋ）近（ㄐㄧㄣˋ），
直（ㄓˊ）到（ㄉㄠˋ）變（ㄅㄧㄢˋ）成（ㄔㄥˊ）── 一（ㄧ）朵（ㄉㄨㄛˇ）雲（ㄩㄣˊ）！

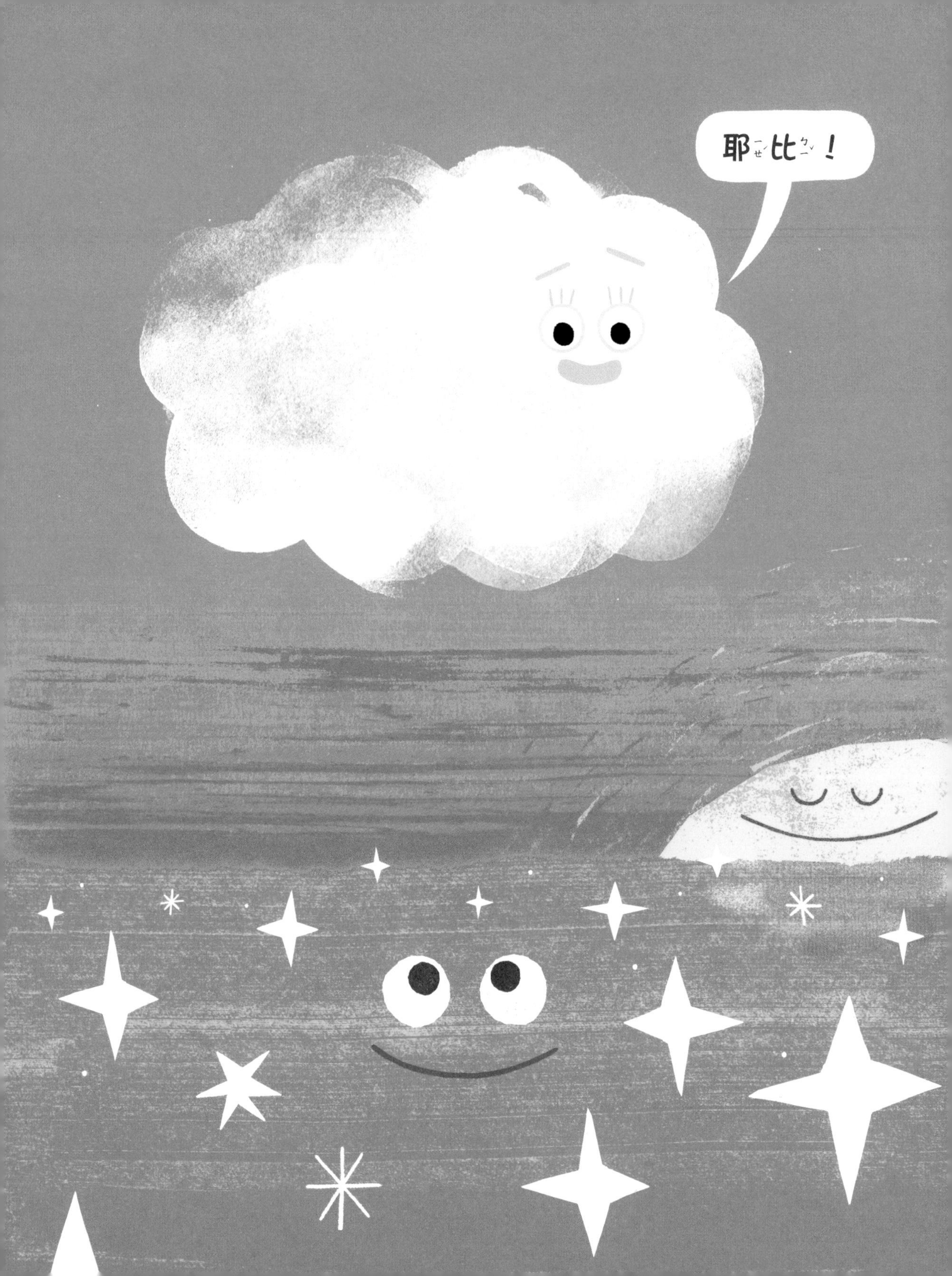
耶比！

第 2 章

風ㄈㄥ

小ㄒㄧㄠˇ雲ㄩㄣˊ好ㄏㄠˇ開ㄎㄞ心ㄒㄧㄣ自ㄗˋ己ㄐㄧˇ是ㄕˋ一ㄧ朵ㄉㄨㄛˇ雲ㄩㄣˊ，
她ㄊㄚ還ㄏㄞˊ交ㄐㄧㄠ了ㄌㄜ一ㄧ個ㄍㄜˋ新ㄒㄧㄣ朋ㄆㄥˊ友ㄧㄡˇ，名ㄇㄧㄥˊ叫ㄐㄧㄠˋ風ㄈㄥ。

風_{ㄈㄥ}喜_{ㄒㄧˇ}歡_{ㄏㄨㄢ}把_{ㄅㄚˇ}溫_{ㄨㄣ}暖_{ㄋㄨㄢˇ}的_{ㄉㄜ˙}空_{ㄎㄨㄥ}氣_{ㄑㄧˋ}吹_{ㄔㄨㄟ}到_{ㄉㄠˋ}寒_{ㄏㄢˊ}冷_{ㄌㄥˇ}的_{ㄉㄜ˙}地_{ㄉㄧˋ}方_{ㄈㄤ}。

風ㄈㄥ和ㄏㄜˊ太ㄊㄞˋ陽ㄧㄤˊ每ㄇㄟˇ天ㄊㄧㄢ都ㄉㄡ一ㄧˋ起ㄑㄧˇ合ㄏㄜˊ作ㄗㄨㄛˋ，
他ㄊㄚ們ㄇㄣˊ是ㄕˋ最ㄗㄨㄟˋ佳ㄐㄧㄚ拍ㄆㄞ檔ㄉㄤˋ！

太ㄊㄞˋ陽ㄧㄤˊ負ㄈㄨˋ責ㄗㄜˊ把ㄅㄚˇ空ㄎㄨㄥ氣ㄑㄧˋ照ㄓㄠˋ得ㄉㄜ暖ㄋㄨㄢˇ洋ㄧㄤˊ洋ㄧㄤˊ的ㄉㄜ，
風ㄈㄥ再ㄗㄞˋ把ㄅㄚˇ暖ㄋㄨㄢˇ空ㄎㄨㄥ氣ㄑㄧˋ吹ㄔㄨㄟ到ㄉㄠˋ比ㄅㄧˇ較ㄐㄧㄠˋ冷ㄌㄥˇ的ㄉㄜ地ㄉㄧˋ方ㄈㄤ。

每ㄇㄟˇ當ㄉㄤ風ㄈㄥ大ㄉㄚˋ力ㄌㄧˋ呼ㄏㄨ出ㄔㄨ一口ㄎㄡˇ氣ㄑㄧˋ，
小ㄒㄧㄠˇ雲ㄩㄣˊ就ㄐㄧㄡˋ會ㄏㄨㄟˋ被ㄅㄟˋ吹ㄔㄨㄟ著ㄓㄜ走ㄗㄡˇ。

謝謝啦！

因為有風和太陽，
小雲才能被吹到世界各地。
這真是棒呆了，
因為小雲好喜歡旅行！

小_{ㄒㄧㄠˇ}雲_{ㄩㄣˊ}被_{ㄅㄟˋ}風_{ㄈㄥ}吹_{ㄔㄨㄟ}過_{ㄍㄨㄛˋ}喧_{ㄒㄩㄢ}鬧_{ㄋㄠˋ}的_{ㄉㄜ˙}城_{ㄔㄥˊ}市_{ㄕˋ}
和_{ㄏㄢˊ}寧_{ㄋㄧㄥˊ}靜_{ㄐㄧㄥˋ}的_{ㄉㄜ˙}鄉_{ㄒㄧㄤ}村_{ㄘㄨㄣ}，

太酷啦！

越過高聳山脈，飄過飛機的下方。
小雲越飄越遠，也越來越冷。

第 2 $\frac{1}{2}$ 章

沒有雲的天空

小_{ㄒㄧㄠˇ}雲_{ㄩㄣˊ}在_{ㄗㄞˋ}海_{ㄏㄞˇ}邊_{ㄅㄧㄢ}嗎_{ㄇㄚ} ？

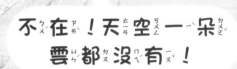

不_{ㄅㄨˋ}在_{ㄗㄞˋ}！天_{ㄊㄧㄢ}空_{ㄎㄨㄥ}一_{ㄧˋ}朵_{ㄉㄨㄛˇ}雲_{ㄩㄣˊ}都_{ㄉㄡ}沒_{ㄇㄟˊ}有_{ㄧㄡˇ}！

第 3 章

雪（ㄒㄩㄝˇ）

好（ㄏㄠˇ）冷（ㄌㄥˇ）喔（ㄛ）！

小（ㄒㄧㄠˇ）雲（ㄩㄣˊ）在（ㄗㄞˋ）這（ㄓㄜˋ）裡（ㄌㄧˇ）！
她（ㄊㄚ）來（ㄌㄞˊ）到（ㄉㄠˋ）了（ㄌㄜ）一（ㄧ）個（ㄍㄜˋ）寒（ㄏㄢˊ）冷（ㄌㄥˇ）的（ㄉㄜ）地（ㄉㄧˋ）方（ㄈㄤ）。

小[ㄒㄧㄠˇ]雲[ㄩㄣˊ]實[ㄕˊ]在[ㄗㄞˋ]太[ㄊㄞˋ]冷[ㄌㄥˇ]了[ㄌㄜ]，
她[ㄊㄚ]身[ㄕㄣ]上[ㄕㄤˋ]有[ㄧㄡˇ]些[ㄒㄧㄝ]小[ㄒㄧㄠˇ]水[ㄕㄨㄟˇ]滴[ㄉㄧ]開[ㄎㄞ]始[ㄕˇ]結[ㄐㄧㄝˊ]凍[ㄉㄨㄥˋ]。

看！他們三三兩兩
結成了冰晶，
而且越變越大！

冰晶變得又大又重，
沒辦法飄在空中了！
於是他們變成了雪，
落到地面。

快看我！
我真漂亮！

當所有的雪都降到地面，
整個世界就像蓋上了一條
純白的毛毯。

真ㄓㄣ是ㄕˋ凍ㄉㄨㄥˋ感ㄍㄢˇ！

小ㄒㄧㄠˇ雲ㄩㄣˊ好ㄏㄠˇ喜ㄒㄧˇ歡ㄏㄨㄢ看ㄎㄢˋ著ㄓㄜ˙雪ㄒㄩㄝˇ花ㄏㄨㄚ飄ㄆㄧㄠ落ㄌㄨㄛˋ。

第 4 章

霧（ㄨˋ）

夜（一ㄝˋ）晚（ㄨㄢˇ）時（ㄕˊ），風（ㄈㄥ）吹（ㄔㄨㄟ）起（ㄑ一ˇ）一（一）陣（ㄓㄣˋ）微（ㄨㄟˊ）風（ㄈㄥ）。

正當小雲享受著涼涼的空氣，她發現下方飄著一些小東西。

這些小水滴是從雪堆裡飄出來的嗎？

你們好啊！

她覺得好有趣，
於是往下飄去加入他們。

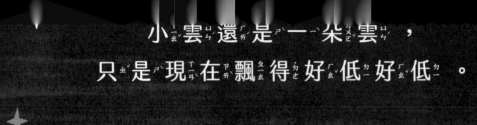

小ㄒㄧㄠˇ雲還ㄏㄞˊ是ㄕˋ一朵雲ㄩㄣˊ，
只ㄓˇ是ㄕˋ現ㄒㄧㄢˋ在ㄗㄞˋ飄ㄆㄧㄠ得ㄉㄜˊ好ㄏㄠˇ低ㄉㄧ好ㄏㄠˇ低ㄉㄧ。

第 5 章

灰ㄏㄨㄟ濛ㄇㄥˊ濛ㄇㄥˊ

風吹起一陣
冷颼颼的強風，
提醒小雲該回到空中了。
小雲開始往上飄，
暫時停止當霧了。

飄回天空的途中，有許多也想飛上
天涼快一下的小水滴。

小雲邀請他們加入她。

有些小水滴來自河川，
有些來自樹木，

有些來自山頂，
他們都一起加入小雲。

嗯，我想還有
些空間……

她沒想到會有這麼多小水滴加入！
現在，她全身都被塞滿了。

小水滴實在太多，他們在小雲身上
擠成一團，越變越大。

大到連陽光都遮住了。

於是，小雲漸漸變得灰濛濛。

第6章

雨ㄩˇ

小ㄒㄧㄠˇ雲ㄩㄣˊ覺ㄐㄩㄝˊ得ㄉㄜ全ㄑㄩㄢˊ身ㄕㄣ變ㄅㄧㄢˋ得ㄉㄜ好ㄏㄠˇ重ㄓㄨㄥˋ，
她ㄊㄚ不ㄅㄨˋ應ㄧㄥ該ㄍㄞ讓ㄖㄤˋ這ㄓㄜˋ麼ㄇㄜ多ㄉㄨㄛ小ㄒㄧㄠˇ水ㄕㄨㄟˇ滴ㄉㄧ加ㄐㄧㄚ入ㄖㄨˋ。
她ㄊㄚ感ㄍㄢˇ覺ㄐㄩㄝˊ就ㄐㄧㄡˋ快ㄎㄨㄞˋ要ㄧㄠˋ……

下雨啦！

下ㄒㄧㄚˋ次ㄘˋ見ㄐㄧㄢˋ啦ㄌㄚ！

小雲向那些小水滴道別，
看著他們落到地面。

有一些小水滴形成水坑，
有一些幫助植物生長，
有一些填滿湖泊。

現在，小雲覺得輕鬆多了。

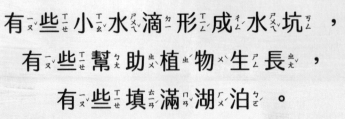

안녕!

Bonjour!

こんにちは！

哈囉！

第7章

暴風雨

Ciao!

Hi!

喔！你們看，有好多朋友來了！

Hola!

Hello!

Aloha!

這些雲都很熱情，
或許有點太熱情了。

他們圍繞著小雲，
一下子就變得好擠。

小雲需要一點空間，
於是她往上飄，想冷靜一下。

有些雲也跟著飄去她那兒。

很_{ㄏㄣˇ}快_{ㄎㄨㄞˋ}的_{ㄉㄜ}，所_{ㄙㄨㄛˇ}有_{ㄧㄡˇ}雲_{ㄩㄣˊ}都_{ㄉㄡ}往_{ㄨㄤˇ}上_{ㄕㄤˋ}飄_{ㄆㄧㄠ}，
大_{ㄉㄚˋ}家_{ㄐㄧㄚ}又_{ㄧㄡˋ}擠_{ㄐㄧˇ}成_{ㄔㄥˊ}一_ㄧ團_{ㄊㄨㄢˊ}。

雲朵派對開始了，好多雲來參加！
大家都擠在一起，
他們身上的小水滴也是。

派對開始囉！

他們擠到快爆炸了，然後 ——

嘩啦啦的下雨啦！

雲朵派對變得有點瘋狂，
小雲感覺越來越熱！
有些小水滴跟著變熱，
不過有些還是冷冷的。

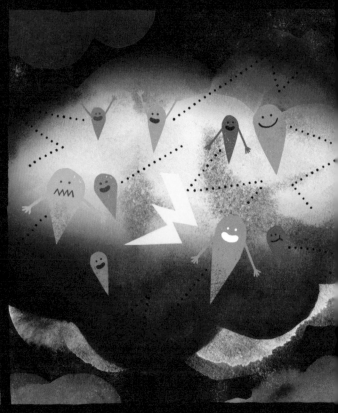

小水滴們撞來撞去 —— 產生了電！

電從小雲身上衝向地面，
變成一道光亮的閃電。

這道閃電威力強大，
還發出巨大的雷聲。

轟隆

這實在太厲害了，
其他的雲都看得目瞪口呆。

Au revoir!

Adiós!

大ㄉㄚˋ雨ㄩˇ過ㄍㄨㄛˋ後ㄏㄡˋ，
所ㄙㄨㄛˇ有ㄧㄡˇ的ㄉㄜ˙雲ㄩㄣˊ又ㄧㄡˋ都ㄉㄡ變ㄅㄧㄢˋ得ㄉㄜ˙輕ㄑㄧㄥ飄ㄆㄧㄠ飄ㄆㄧㄠ的ㄉㄜ˙。
看ㄎㄢˋ來ㄌㄞˊ暴ㄅㄠˋ風ㄈㄥ雨ㄩˇ派ㄆㄞˋ對ㄉㄨㄟˋ結ㄐㄧㄝˊ束ㄕㄨˋ了ㄌㄜ˙！

See ya!

잘 가요!

さようなら！

Goodbye!

雲ㄩㄣˊ朵ㄉㄨㄛˇ們ㄇㄣˊ和ㄏㄜˊ彼ㄅㄧˇ此ㄘˇ道ㄉㄠˋ別ㄅㄧㄝˊ，
約ㄩㄝ好ㄏㄠˇ很ㄏㄣˇ快ㄎㄨㄞˋ再ㄗㄞˋ相ㄒㄧㄤ見ㄐㄧㄢˋ。

但ㄉㄢˋ或ㄏㄨㄛˋ許ㄒㄩˇ不ㄅㄨˋ要ㄧㄠˋ那ㄋㄚˋ麼ㄇㄜ˙快ㄎㄨㄞˋ。

Addio!

第 8 章

彩ㄘㄞˇ虹ㄏㄨㄥˊ

暴ㄅㄠˋ風ㄈㄥ雨ㄩˇ過ㄍㄨㄛˋ後ㄏㄡˋ，
空ㄎㄨㄥ中ㄓㄨㄥ飄ㄆㄧㄠ著ㄓㄜ許ㄒㄩˇ多ㄉㄨㄛ小ㄒㄧㄠˇ水ㄕㄨㄟˇ滴ㄉㄧ。
太ㄊㄞˋ陽ㄧㄤˊ決ㄐㄩㄝˊ定ㄉㄧㄥˋ表ㄅㄧㄠˇ演ㄧㄢˇ一ㄧˊ個ㄍㄜˋ厲ㄌㄧˋ害ㄏㄞˋ的ㄉㄜ把ㄅㄚˇ戲ㄒㄧˋ。

他ㄊㄚ用ㄩㄥˋ光ㄍㄨㄤ線ㄒㄧㄢˋ照ㄓㄠˋ射ㄕㄜˋ空ㄎㄨㄥ中ㄓㄨㄥ的ㄉㄜ˙小ㄒㄧㄠˇ水ㄕㄨㄟˇ滴ㄉㄧ，
變ㄅㄧㄢˋ出ㄔㄨ一ㄧ道ㄉㄠˋ ──

第 9 章

結束了嗎？

小雲的旅程多麼精彩！
她降下雨水、灑落雪花、
閃電打雷，現在她需要
好好放鬆一下。

她在一座湖上找到一個
舒適的地方休息。

湖泊裡充滿湖水。
我們的太陽好朋友也來了。

太陽整天勤奮的工作，
使湖水變得溫暖。

我ˇ發ㄈㄚ光ㄍㄨㄤ發ㄈㄚ熱ㄖㄜˋ！

湖ㄏㄨˊ裡ㄌㄧˇ有ㄧㄡˇ些ㄒㄧㄝ小ㄒㄧㄠˇ水ㄕㄨㄟˇ滴ㄉㄧ覺ㄐㄩㄝˊ得ㄉㄜ˙好ㄏㄠˇ熱ㄖㄜˋ，
於ㄩˊ是ㄕˋ飄ㄆㄧㄠ到ㄉㄠˋ空ㄎㄨㄥ中ㄓㄨㄥ涼ㄌㄧㄤˊ快ㄎㄨㄞˋ一ㄧˊ下ㄒㄧㄚˋ。

不ㄅㄨˋ久ㄐㄧㄡˇ，天ㄊㄧㄢ空ㄎㄨㄥ便ㄅㄧㄢˋ充ㄔㄨㄥ滿ㄇㄢˇ了ㄌㄜ˙小ㄒㄧㄠˇ水ㄕㄨㄟˇ滴ㄉㄧ，
他ㄊㄚ們ㄇㄣ˙一ㄧˋ起ㄑㄧˇ享ㄒㄧㄤˇ受ㄕㄡˋ涼ㄌㄧㄤˊ涼ㄌㄧㄤˊ的ㄉㄜ˙空ㄎㄨㄥ氣ㄑㄧˋ。

他們聚在一起，越靠越近，
直到變成了 ── 另一朵雲！